AF328140

MES
RÉCRÉATIONS

POÉSIES DIVERSES

DE

CLAUDIUS CHERVIN

Oh ! qui m'accusera d'aimer la poésie,
Alors que, me montrant son front paré de fleurs,
Des trésors de son ambrosie
Elle abreuve mon âme et fait couler mes pleurs ?

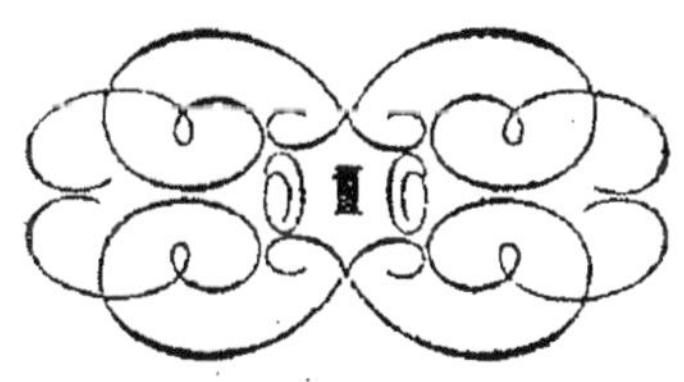

LYON

—

1851

MES

RÉCRÉATIONS

POÉSIES DIVERSES

MES
RÉCRÉATIONS

POÉSIES DIVERSES

DE

CLAUDIUS CHERVIN

Oh! qui m'accusera d'aimer la poésie,
Alors que, me montrant son front paré de fleurs,
Des trésors de son ambrosie
Elle abreuve mon âme et fait couler mes pleurs?

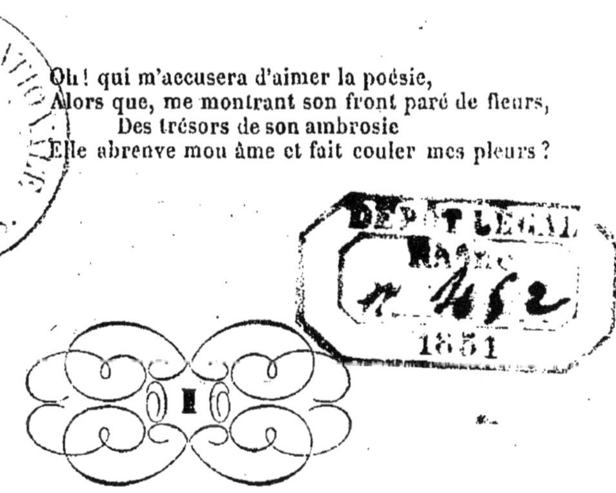

LYON

—

1851

LE CHATEAU D'ALBIGNY

(RHÔNE).

A M. Augustin P.

Au penchant d'un côteau qu'une reine de France
Foula plus d'une fois au bras du grand Clovis,
Gisent en ce moment des restes d'opulence :
Colonnes, chapiteaux, blasons, mâchecoulis.
Ces restes imposants, ces souvenirs de gloire
Que le lierre dévore avec acharnement,
Sont de l'ancien castel une vivante histoire
Dont je me plais souvent à meubler ma mémoire,
    Pour me récréer un moment.

La nuit, lorsque le vent souffle dans le feuillage,
Lorsque l'orfraie au loin fait entendre sa voix,
Tout seul dans ce manoir, vieux débris d'un autre âge,
Je pense avec bonheur aux choses d'autrefois.
Peut-être sur ce banc qui borde ma fenêtre,
La dame de ces lieux, rêveuse, allait s'asseoir,
Attendant tristement qu'elle vit apparaître
Le panache orgueilleux de son seigneur et maître
    Monté sur son destrier noir.

Mais ces temps ne sont plus. En vain au fond de l'âtre
Qu'alimente en pleurant un frêle et vert tison,
Quelques rares flocons d'une flamme bleuâtre
Montent en tournoyant au sommet du donjon ;
Sur le blason sculpté, de cette époque antique,
Seul reste qui brava les rigueurs du destin,
Debout, impérieux, le lion héraldique
Veut poser vainement sa griffe allégorique
      Sur le cimier du châtelain.

Tout à fui : c'est à peine, au milieu du silence,
Si la brise en grondant effleure les créneaux,
Si le flot que le vent vient pousser en cadence
Jette aux côteaux voisins le bruit lointain des eaux.
Quelquefois le hibou, triste oiseau des présages,
Pousse son cri plaintif au sommet de la tour,
Ou bien quelqu'âme en peine, errant dans les bocages,
Fait entendre dans l'air quelques soupirs sauvages,
      Redits par les monts d'alentour.

J'aime, ô mon vieux château, ton site pittoresque,
Ton humble cimetière avec son vert gazon,
Que protége ton toit, ton ombre gigantesque,
Alors que le soleil s'incline à l'horizon.
J'aime ces doux moments que j'y passe dans l'ombre,
Tous ces rêves dorés qui font battre mon cœur,
Le doux chant des oiseaux au milieu du bois sombre,
Celui des nautonniers, sur des barques sans nombre,
      Disparaissant avec lenteur.

LE SINGE EN HABITS DE MARQUIS.

FABLE.

Un jeune sapajou que de joyeux amis
Tourmentaient sans pitié, poursuivaient sans reprise,
Pour arrêter nos fous, fit la grosse sottise
De s'affubler, un jour, d'un habit de marquis,
  D'une blanche perruque
Et d'un brillant sautoir agrafé sur la nuque.
  Sous ce costume extravagant,
  — Pour un marquis de cette espèce,—
Au-devant des lutins, il court plein d'allégresse
Portant à sa ceinture un lourd yatagan.
  Nos écoliers, pleins de malice,
  Ayant découvert l'artifice,
  Feignent pour le moment
  De donner dans le piége,
  Et présentent un siége
A Jacot qui l'accepte avec empressement.

La fortune souvent nous abuse et nous leurre!...
A peine l'histrion trônait depuis une heure
Que soudain, par nos gars, il est dévalisé :
L'un lui prend ses galons, et donne ainsi l'alarme ;
Celui-ci sa perruque ; un autre le désarme,
Puis le laisse courir... C'était mal avisé !

Les habits ne font rien : Ni le drap, ni la bure,
Ne donnent de l'esprit, ne changent la figure.

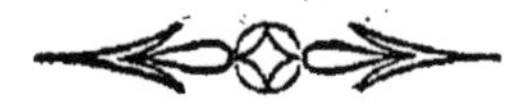

LE MAITRE D'ÉCOLE.

BOUTADE.

> Heureux celui qui sait se contenter de
> peu ! Son sommeil n'est troublé ni par
> les craintes, ni par les désirs honteux de
> l'avarice.   (*Trad.* d'Hor.)

Tout le monde se plaint, détestable manie !
L'homme devrait bannir cette monotonie,
Et comprendre une fois que la plus grande erreur
Est de fonder sur l'or, espérance et bonheur.

Le bonheur est partout, et partout on le cherche ;
Jamais on ne m'a vu courir à sa recherche.
La fortune pourtant qui séduit mes regards
Me laisse sans merci loin de ses étendards ;
Je n'ai point, dans l'hiver, pied-à-terre à la ville ;
Pas le moindre terrain, pas un toit, une tuile.
Parfois à la grand'messe, et près du sacristain,
J'entonne l'*Introït*, l'*Offertoire* au lutrin,
Je mesure les champs et je fais des partages :
Je suis instituteur, je rends les enfants sages.

1.

Par moi sont rédigés tous les procès-verbaux,
Sont inscrits les décès, sont creusés les tombeaux ;
De l'huissier mon voisin, je porte les contraintes,
Je dresse le mémoire à qui veut porter plaintes ;
Pour la fête, au hameau, je suis premier tambour,
Quelquefois sacristain et garde tour-à-tour ;
Avec l'agent-voyer, je dresse la courbure,
Et fais faire, aux chemins, *la journée en nature.*
En voilà des tracas à se battre les flancs...
Eh ! pourtant, tout compté, je reçois six cents francs !
Moyen sûr, n'est-ce pas, de faire belle poche,
De mettre chaque jour un poulet à la broche,
De se faire bien voir des conseillers élus,
D'avoir du cantonnier les bonjours, les saluts.

Mais j'entends qu'on répond: *pas d'argent pas de suisse,*
Dans les jours de calcul, l'indigence est un vice.

Il est vrai qu'on me donne un logis au château
Qui servit aux Romains, maîtres de ce coteau ;
Mais logis délabré dont la façade grise
Succombe tour-à-tour sous la pluie et la bise,
Où nichent de gros rats, où pleurent les hiboux,
Où les chauves-souris se donnent rendez-vous ;
D'où mes tristes regards, durant l'année entière,
Planent dès le matin sur l'humble cimetière.

Il en faudrait bien moins pour pleurer et gémir.
Mais qu'y pourrais-je faire ! on me verrait pâlir.
Et bientôt, desséché comme feuille qui tombe,
Un maudit croque-mort me mettrait dans la tombe.
Oh ! non. Je chéris trop ces fleurs, ces prés, ces bois,
Et le chant des oiseaux qui m'enivrent parfois.

La demeure des morts est celle de nos pères,
Vénérés aujourd'hui pour leurs vertus austères,
Bénis des malheureux, redoutés des tyrans,
Et de la liberté les nobles conquérants !

Dans ce lieu pittoresque, on sent grandir son âme !
C'est là, sur ces vieux murs, que brilla l'oriflamme,
Que le vaillant seigneur, tout fier de son blason,
Encourageait ses preux, repoussait trahison ;
C'était là, toujours là, que la noble baronne
Tendait aux chevaliers sa main blanche et mignonne,
Les charmait de sa voix et donnait le sautoir
A qui gagnait le prix aux fêtes du manoir.

Tels sont les souvenirs qui plaisent à mon âge,
Qui soutiendraient mes pas si je perdais courage,
Qui me font rire au nez d'un sot olibrius,
Qui me font vivre heureux en dépit de Plutus.

Si d'un côté le deuil m'invite à la tristesse,
De l'autre, chaque jour, je vois avec ivresse
Des vallons verdoyants où paissent des troupeaux
Qui bondissent joyeux en quittant leurs travaux.
Vers l'amandier fleuri, dès l'aube matinale,
Sur un gazon touffu, le lapin se régale,
Tandis que dans les airs un oiseau plein d'amour,
Fait redire aux échos les préludes du jour.
Au loin, sur le ruban formé par la rivière,
Scintille d'un ciel pur l'éclatante lumière ;
Là, de gais canotiers, balancés sur les flots,
Font retentir les chœurs chéris des matelots.

. . . .
. . . .

Les voyez-vous joûter... Entendez-vous la lance
Retentir sur l'écu et tomber en cadence?
Ici les assiégés !... là-bas les assiégeants !...
Voyez avec quel ordre ils renforcent leurs rangs...
Que dis-je?... mieux que moi, vous connaissez la guerre,
Et le chant des oiseaux et les fleurs du parterre.
Adieu, mon cher ami, je vous quitte, au revoir :
On m'appelle à l'instant pour curer le lavoir.

ACROSTICHE.

G énéreux camarade, ami tendre et sincère,
E ntouré de l'estime et de l'amour de tous ;
N é pour être la joie et l'orgueil de ton père,
E t de tous tes amis adoré comme un frère,
T on image longtemps restera parmi nous.

J aloux de ton amour, jaloux de ta jeunesse,
E n vain un sort fatal est venu te ravir,
A u cœur de tes amis plongés dans la tristesse,
N on tu ne mourras pas : tu ne saurais mourir !

CHARADE.

Mon *premier*, mon *second* se trouvent en musique
De deux tons séparés ;
Mon *troisième* est toujours une sotte réplique,
Et mon *tout* fait parti des hommes révérés.

L'AMOUR.

A Monsieur ***.

On m'a dit qu'à l'Amour, Hymen coupait les ailes;
Que le fils de Vénus abhorrait le devoir;
Qu'il aimait les soucis, les craintes éternelles;
Que le bonheur pour lui c'était le désespoir.

D'autres m'ont raconté que loin de nos alarmes
L'enfant capricieux vivait de volupté;
Ennemi des chagrins, des peines et des larmes,
Qu'il fixait son séjour sur un sol enchanté.

D'autres croient que l'amour, comme la violette,
N'aime à se révéler qu'à l'abri des grandeurs;
Qu'il échappe aux regards de la foule indiscrète;
Que des enfants du peuple il calme les douleurs.

Enfin, les plus experts pensent que c'est un songe;
Qu'avec le roi Saturne, Amour s'enfuit aux cieux;
Qu'il ne reste aux humains qu'un triste et long mensonge
De ses nombreux bienfaits, de ses dons précieux.

Pour moi qui ne sais rien, qui voudrais tout apprendre,
J'aurai foi dans l'amour, dans ses illusions.
Si pour mon cœur aimant, je trouvais un cœur tendre
Qui voulût partager mes tribulations.

Quant à toi, cher ami, dont l'âme de poète
A dans des liens constants deviné le bonheur,
Prends pour unique loi, pour unique interprète,
Les élans de l'amour, les élans de ton cœur.

On m'a beaucoup vanté les vertus de ta femme,
Je n'avais pas besoin d'un mot assurément :
Il n'est qu'un ange, ami, qui puisse sur ton âme
Verser un doux nectar et régner pleinement.

Bientôt j'irai vous voir, aimables créatures,
Dieu vous aura donné l'espoir de vos vieux jours,
Tous vos vœux accomplis, vos âmes grandes, pures,
Dònneront à vos chants un noble et libre cours.

Le sentier que chacun doit suivre sur la terre,
Jéhovah, dans l'Eden, le traça de ses mains ;
La loi sacre l'amour et jamais ne l'altère:
L'amour c'est l'espérance à nous tous pélerins.

L'ENFANT ET LES FLEURS.

FABLE.

Un jeune enfant, dans un village,
Voulait cueillir, sur le rivage
   D'un ruisseau gracieux,
Mille charmantes fleurs qui s'offraient à ses yeux ;
Mais, à son désespoir, ses mains sont bientôt pleines
Et pour une pervenche, il en perd deux douzaines ;
Il pleure, il se désole, inutile chagrin :
   « Qui trop embrasse mal étreint. »

CHARADE.

Mon *premier* des Chinois fait toutes les délices ;
Auprès de mon *second* je sens naître l'espoir ;
Mon *tout* du monde entier est le parfait miroir,
Où chacun voit groupés ses vertus et ses vices.

A MA FILLEULE.

Sous ces flots de rubans, sous ce tulle et ces langes,
J'aime à te voir dormir du doux sommeil des anges.
Ton front, comme le ciel, est tranquille et neigeux,
Aucun rêve importun n'étouffe ton haleine,
Ne fait battre ton cœur, ne tient ton âme en peine :
Maria, chère enfant, que ton âge est heureux.

Laisse-moi, sur tes mains, toute petite fille,
Petite Maria, si douce, si gentille,
Laisse-moi, sur tes mains, déposer un baiser.—
C'est toi que je choisis pour reine, pour madone ;
C'est pour toi que mes doigts ont tressé la couronne,
Que, sur ton joli front, je viens de déposer.

Léger berceau d'osier, ma nacelle chérie,
Tu portes, sur les flots, ma fortune et ma vie :
Puisses-tu, sans écueil, arriver à bon port !
Vierge des matelots, en toi j'ai confiance,
Enchaîne tous les vents, protége l'innocence,
Qui se consacre à toi, joyeuse, avec transport.

Mon Dieu, si par mes vœux longtemps je t'importune,
Ce ne sera jamais pour que, de la fortune,
Tu dotes ma filleule, âme de chérubin !
Mais tu lui donneras, ô bonté souveraine !
Les vertus, les talents de sa bonne marraine,
Sa ravissante taille et son regard divin.

LA PREMIÈRE COMMUNION.

Déjà depuis longtemps, des cloches argentines
Réveillent les échos de nos chères collines,
Et, par leurs doux accords, réjouissent nos cœurs ;
Déjà dans le saint lieu, des guirlandes de fleurs
Exhalent leurs parfums, couronnent nos bannières,
Et Dieu dans ses bontés sourit à nos prières.
« C'est aujourd'hui, chrétiens, dit un prêtre à l'autel,
» Que Dieu va convier au banquet fraternel
» Cette belle jeunesse. Elle est notre espérance !
» Nous la verrons grandir avec persévérance.
» Soyez donc son appui, prodiguez-lui vos soins ;
» Elle vous appartient, prévenez ses besoins...
» Approchez, chers enfants, de cette table sainte,
» Votre Dieu vous attend dans cette étroite enceinte ;
» C'est lui que vous voyez sous ce pain qui n'est plus ;
» C'est ainsi qu'il visite et nourrit ses élus.
» Offrez-lui votre cœur dans l'ardeur de sa flamme,
» Offrez-lui votre corps, consacrez-lui votre âme,
» Et dites-lui : Mon Dieu, mon Seigneur et mon Roi,
» Je vous vois sur l'autel par les yeux de la foi ;
» Je suis pauvre et petit, mais, pour toute richesse,
» Je ne voudrais, Seigneur, qu'un rayon de sagesse.
» Je veux vivre pour vous, pour vous je veux mourir ;
» Commandez à mon cœur, il a soif d'obéir. »

Voyez tous ces enfants, l'honneur de nos écoles,
Se lever avec joie, entendant ces paroles,
Et d'un pas assuré, le front pur et serein ,
Marcher droit à l'autel vers le ministre saint.

Vite, à genoux, enfants ! Jésus, Seigneur suprême,
Va visiter vos cœurs dans leur bonheur extrême !
Et le ciel aussitôt, brillant et radieux,
Dans ce divin banquet va s'ouvrir à vos yeux.

Des orgues aux cents voix, la douce symphonie,
Rend plus sublime encor cette cérémonie.
L'homme est tout à son Dieu : son cœur, ses sens ravis,
Semblent l'abandonner sur les sacrés parvis.
Lentement sur deux rangs, cette troupe angélique,
Circule avec bonheur sous le sacré portique.
Ici, c'est un garçon dont le regard pieux
Interroge sa mère accourue en ces lieux.
Cette mère est heureuse, et ses joyeuses larmes,
De la douce innocence, ont la grâce et les charmes.
Là, d'un pied gracieux comme on en vit jamais,
Sous de longs voiles blancs, symbole de la paix,
Viennent de jeunes sœurs également parées ,
Abaissant de beaux yeux sur des *Heures* dorées,
Et faisant par moment, de leur plus douce voix,
Tressaillir de bonheur tous les cœurs à la fois.
De ces enfants chéris, la céleste cohorte,
Par un nombreux clergé voit grossir son escorte ;
Le *suisse* les précède, et d'un pas solennel,
Les ramène avec joie au pied du saint autel.

Déjà le prêtre attend : sa main bénit encore
Et son cœur est vers Dieu que pour eux il implore.

« Heureux enfants, dit-il, bientôt dans vos maisons,
» Vous porterez Jésus, ses grâces et ses dons !...
» Vos cœurs sont devenus autant de tabernacles
» Où Dieu va désormais rendre ses saints oracles :
» Suivez toujours sa voix, la voix de l'Eternel,
» Sa voix conduit au bien : le bien conduit au ciel ! »

Il dit. Et, de ses mains saintes et vénérées,
Il décrit de la croix les formes adorées,
Invoquant de grand cœur, des saintes régions,
Pour ces pieux enfants les bénédictions.

DE L'EXISTENCE DE DIEU.

Des hommes ont nié l'existence d'un Dieu,
Créateur tout-puissant, résidant en tout lieu !
Si ces hommes pervers, dans leur croyance obscure,
D'un coup-d'œil attentif observaient la nature :
Ces insectes brillants, ces fougueux léopards,
Le phoque, la baleine, et ces globes antiques,
Feraient-ils rapporter tant d'œuvres magnifiques
Aux atomes, au temps, aux effets des hasards?....

Je vais mourir, hélas!

Le pauvre en sa cabane où le chaume le couvre
Est sujet à ses lois,
Et la garde qui veille aux barrières du Louvre
N'en défend pas les rois.

(MALHERBES.)

Je vais mourir, hélas! et ta main, chère amie,
N'est pas là pour guider mes pas dans l'autre vie,
Pour mettre sur ma tombe un cyprès de ton choix,
Et deux mots de ton cœur sur le haut de ma croix.
Pourras-tu seulement, sur ma froide poussière,
Venir une fois l'an réciter ta prière,
Chercher, à ta douleur, un baume précieux,
Et répandre les pleurs qui rougiront tes yeux?
Cet espoir t'est ravi : l'Océan nous sépare!
Et mon triste cercueil, que déjà l'on prépare,
Sera bientôt couvert de touffes de gazon
Et du parfum si doux des fleurs de la saison.
Mais, tu pourras toujours dans l'excès de la flamme,
Faire entendre ta voix à l'ombre de mon âme

2

Qui, planant sur ton cœur pendant tout ton sommeil,
Recueillera tes vœux d'abord à ton réveil.
Je n'ai pour te quitter ni force, ni courage;
Mais je sens qu'il est doux de mourir à mon âge,
De retourner au ciel, au sein des régions,
Le cœur joyeux encore et plein d'illusions.
Adieu, Marie... adieu! que tes tourments finissent,
Dieu verra ta douleur... que ses mains te bénissent...
Il me faudra bientôt me séparer de toi,
Et... mon cœur ne bat plus... c'en est fait... pense à moi!

MADRIGAL.

A Mlle L. F. P.

Dans ce palais, sanctuaire des arts,
Sous ces lambris parsemés de rosaces,
Vénus étale avec luxe aux regards,
De ses divins attraits, les séduisantes grâces.

Ses blonds cheveux, filés de soie et d'or,
Tombent soyeux sur ses blanches épaules ;
Sa fine taille est bien plus souple encor
Que les rameaux légers de nos gracieux saules.

Son beau regard ne saurait emprunter
De la douceur à ceux de la gazelle.
C'est un poème... et pour le bien chanter,
Il faudrait à la lyre une corde nouvelle.

Un long soupir fait palpiter son cœur
Et vient mourir sur ses lèvres mi-closes :
C'est un heureux présage de bonheur,
Car c'est toujours ainsi que fleurissent les roses.

Je donnerais ce portrait de Vénus,
Tous les tableaux du fameux Michel-Ange,
Tous les trésors des Rotschild, de Plutus,
Pour, de celle que j'aime, une image en échange.

TON PIED DE JEUNE FILLE.

FANTAISIE.

A Mlle L. J. P.

Je sais qu'il est mignon ton pied de jeune fille :
Je l'ai vu bien des fois glisser sur le parquet;
Je l'ai vu, quel bonheur! sous la fraîche charmille
Laisser à chaque pas un fort joli cachet.

Je sais qu'il est léger ton pied de jeune fille :
La valse est son triomphe et j'entends dans le bal
Des *dandys*, des *lions* dire tout bas : je grille
De voir ce pied de fée ouvrir le carnaval.

Je sais qu'il est lutin ton pied de jeune fille :
Je l'ai vu bien des fois au premier coup d'archet,
Annonçant aux danseurs l'ouverture d'un quadrille ,
Délaisser aussitôt un riche tabouret.

Je sais qu'il est coquet ton pied de jeune fille :
Le plus mince velours l'étreint de toute part,
Et les flots de rubans qui voilent sa cheville
Couronne ce chef-d'œuvre à faire envie à l'art.

Je sais qu'il est peureux ton pied de jeune fille :
La nuit dans la prairie il craint de se montrer;
Il est pourtant si doux quand le firmament brille
D'entendre dans les bois les zéphirs folâtrer.

TON DOUX REGARD.

A Mlle L. F. P.

Regarde-moi donc bien de tes beaux yeux de femme,
De tes beaux yeux d'azur où se peint ta grande âme,
Où je lis de ton cœur les nobles passions,
Ses craintes, ses désirs et ses émotions.
Un seul de tes regards contient un long poème !
Tantôt c'est un point noir, un menaçant emblème,
Un éclair, un orage, effroi des matelots,
Un volcan qui remue et la terre et les flots ;
Tantôt c'est du marin la belle et blanche étoile,
Tout l'espoir du vaisseau qui se met à la voile,
Le trésor du berger qu'il rencontre en chemin,
Le hautbois sous le bras, la houlette à la main.
Pour moi, j'aime à le dire à qui veut bien m'entendre,
Il est un talisman toujours suave et tendre,
Il maîtrise mon âme et fait tout mon bonheur :
Oui, c'est ton doux regard qui captive mon cœur.

CHARADE.

Un petit animal habite mon *premier;*
Je crains pour mon *second* quand le tonnerre gronde.
Mon *tout* ne voudrait voir que la verdure et l'onde,
Et vivre dans les champs sous un ciel printanier.

TON GRACIEUX SOURIRE.

RÊVERIE.

A Mlle L. F. P.

Bel ange aux blonds cheveux, adorable Louise,
Jeune fille des champs, dont mon âme est éprise,
Toi, dont le souvenir a laissé dans mon cœur
Un présage si doux de calme et de bonheur ;
Combien j'aime toujours à rêver ton sourire
Gracieux, enfantin, impossible à décrire,
Couronnant à ravir tes lèvres de corail
Et, de tes blanches dents, l'éblouissant émail.
Pour moi c'est l'onde pure, errante sur la rive ;
C'est la fleur qui s'émeut sous la brise plaintive,
Un reflet de ton cœur toujours joyeux et bon,
De ton âme naïve, un naïf abandon.
Ce suave parfum excite ma jeune âme,
Aux doux épanchements d'une naissante flamme

2.

Et fait couler mes jours dans l'extase et la paix,
C'est à lui que je dois mon espoir.... Et tu sais,
L'espérance ici-bas, c'est la lueur céleste
Qui dirige l'esquif loin de l'écueil funeste ;
C'est le foyer lointain de l'humble voyageur,
C'est l'âme de la vie et le baume du cœur.
Ecoute un dernier mot, car je veux tout te dire,
Oui tout te dire à toi !... ce gracieux sourire,
Présage de bonheur, peut-être de tourments,
Qui, de crainte et d'espoir, remplit tous mes moments,
Ma Louise, dis-moi, changeant de destinée,
S'évanouirait-il au doux mot d'hyménée ?....

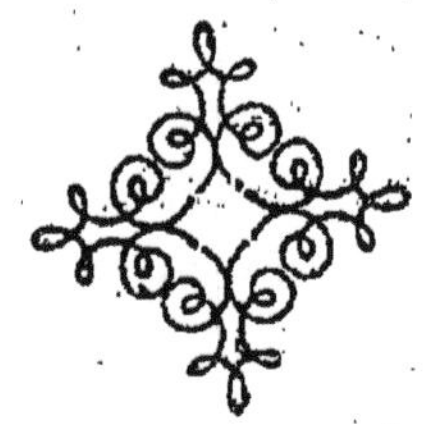

ÉLÉGIE.

Et la cloche a sonné ta cruelle agonie
Loin du modeste chaume où tu reçus le jour,
Loin des prés toujours verts, de la plaine bénie,
Loin de ta bonne mère, objet de ton amour...

Oh! je n'en doute pas, ta dernière pensée
A plané bien longtemps sur ton riant berceau,
Comme une belle fleur sur sa tige élancée,
Gomme un flocon d'encens sur un jeune arbrisseau.

Combien ton noble cœur — noble jusqu'à l'exemple —
Que séduisaient toujours les plaisirs innocents,
A tressailli de joie à l'aspect du saint temple
Qui souvent retentit de tes pieux accents.

Ici, chaque ornement avait un doux langage,
Rappelait une offrande, immortel souvenir,
Marquait comme un jalon tes pas du premier âge,
Et, brillant, radieux, indiquait l'avenir...

Mais tu ne devais plus de l'autel de *Marie*,
Entretenir le feu, renouveler les fleurs ;
Il te fallait bientôt abandonner la vie,
Et nous laisser, hélas ! dans le deuil et les pleurs !

En vain, ta voix plaintive — autrefois si joyeuse —
Appelait tes trois sœurs, à tes derniers moments :
L'écho seul accueillait ta plainte douloureuse
Et tu sentais alors redoubler tes tourments...

Et la cloche a sonné ta cruelle agonie,
Et nous n'étions pas là pour te fermer les yeux :
Oh ! ma sœur bien aimée, oh ! ma chère Eugénie,
Ouvre vers nous tes bras, nous te suivrons aux cieux !

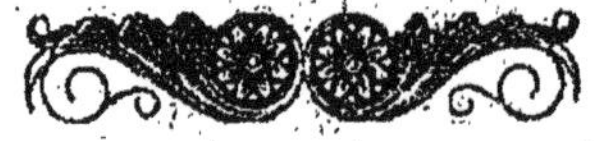

LA NUIT.

I.

La nuit règne, et partout le sommeil sur la terre
Verse aux corps fatigués sa fraîcheur salutaire.

(PARSEVAL-GRANDMAISON.)

L'astre brillant du jour a fui notre horizon ;
A peine le grillon veille sous le gazon,
Le berger est rentré sous ses chaumes rustiques,
L'artisan a quitté tenailles et marteaux,
Le riche insouciant, dans ses vastes châteaux,
Poursuit indolemment ses rêves fantastiques.

Ici, l'homme sordide entoure son trésor.
Victime résignée, esclave de son or,
En calculant la rente, il plaint son indigence.
Là, le traître, le lâche, aux lueurs des flambeaux,
Ourdit contre un ami de perfides complots
Qui conduiront ses pas du bagne à la potence.

Sur les vieux monuments, dans l'épaisseur des bois,
L'orfraie avec lenteur fait entendre sa voix;
D'un vol silencieux, l'oiseau des cimetières
Visite les tombeaux en chantant le trépas,
Et les loups, dont la faim hâte et guide les pas,
Poussent des hurlements en quittant leurs tanières.

Le bruit léger des flots et les chants du pêcheur
Se succèdent parfois ou s'élèvent en chœur....
Les zéphirs odorants agitent le feuillage,
Qui se couvre de pleurs à l'approche du jour,
Et l'astre au front d'argent, du céleste séjour,
Reflète ses rayons sur la croix du village.

II.

> Reçois par tous les sens les charmes de la nuit
> À t'enivrer d'amour son ombre te convie.
>
> (LAMARTINE).

Nuit d'extase et d'amour, que ton règne est heureux !
Tu combles d'un amant et l'espoir et les vœux.
Oui, c'est toi qu'il attend pour écouter sa belle
Soupirer, murmurer et prononcer son nom :
Notre âme se dilate au silence profond,
Et nos cœurs confiants se révèlent comme elle.
Amour, ange béni, tout couronné de fleurs,
Toi dont les doux regards captivent tous les cœurs,

Accompagne mes pas sous la fraîche saulée,
Où chantent le pinson, le mâle rossignol,
Où l'onde indolemment, en serpentant le sol,
Apporte les parfums, l'encens de la vallée !

Là, sur un gazon vert, à l'approche du soir,
Emilie, aux yeux bleus, vient prier et s'asseoir !
La cloche alors trois fois retentit dans la plaine;
Le vigilant berger, entonnant son couplet,
Rentre avec son troupeau, son fidèle barbet,
Sous son toit protégé par l'ombre d'un vieux chêne.

Les zéphirs caressants arrivent opportuns,
Agitant les roseaux, moissonnant les parfums,
Ondulant les cheveux de la belle Emilie
Qui fixe ses regards, comme un ange à l'autel,
Sur le ruban d'azur dont se drape le ciel,
Sur la reine des nuits légère et si jolie.

Rivage encor plus fort ! que le bruit de tes eaux
Entraînant les cailloux, emportant les roseaux,
Favorise mes pas, augmente mon audace;
Laisse-moi m'approcher, à la pâle lueur,
De cette jeune fille au sourire enchanteur,
A la taille élancée, arrondie avec grâce.
. . . .

« Jeune fille au cœur pur, au pied leste et lutin,
» Au corsage élégant, embrassé de satin ;
» Je viens à vos genoux, — pardonnez mon délire, —
» Vous offrir mon amour et tout ce que je suis.
» Il est vrai, vous aimer est tout ce que je puis;
» Mais, de votre bon cœur, je ne veux qu'un sourire !

Seigneur, prenez pitié de ma grande faiblesse !
Tenez compte à mon cœur
De son vrai repentir, du désir qui le presse
De devenir meilleur.

AUX CLOCHES.

J'entends vos doux accords publier hautement
La naissance d'un fils, tout l'espoir d'une mère ;
Les échos pleins d'attraits, de charme et de mystère,
Vous prêtent leur cent voix avec empressement.

Ainsi, dans Béthléem, des hymnes d'allégresse
S'élevaient dans l'azur, réjouissaient les cieux,
Quand l'étoile bénie, espoir de nos aïeux,
Avec ses rayons d'or, reflétait son ivresse.

De cet ange chéri, quel sera le destin ?...
Comment le traitera la Fortune inconstante,
Tantôt folle et rieuse, et tantôt menaçante,
Qui va les yeux fermés et d'un pas incertain !

Ah ! s'il était écrit dans un arrêt sévère
Que son front radieux, empreint d'un pur amour,
Par des chagrins cuisants dût se rider un jour,
Et son cœur se nourrir d'une douleur amère....

Mais non !... il grandira sans connaître les pleurs
Au sein de la famille, au sein de l'espérance ;
Les pauvres, tous les jours, béniront sa présence ;
Sa voix saura trouver un baume à tous les cœurs.

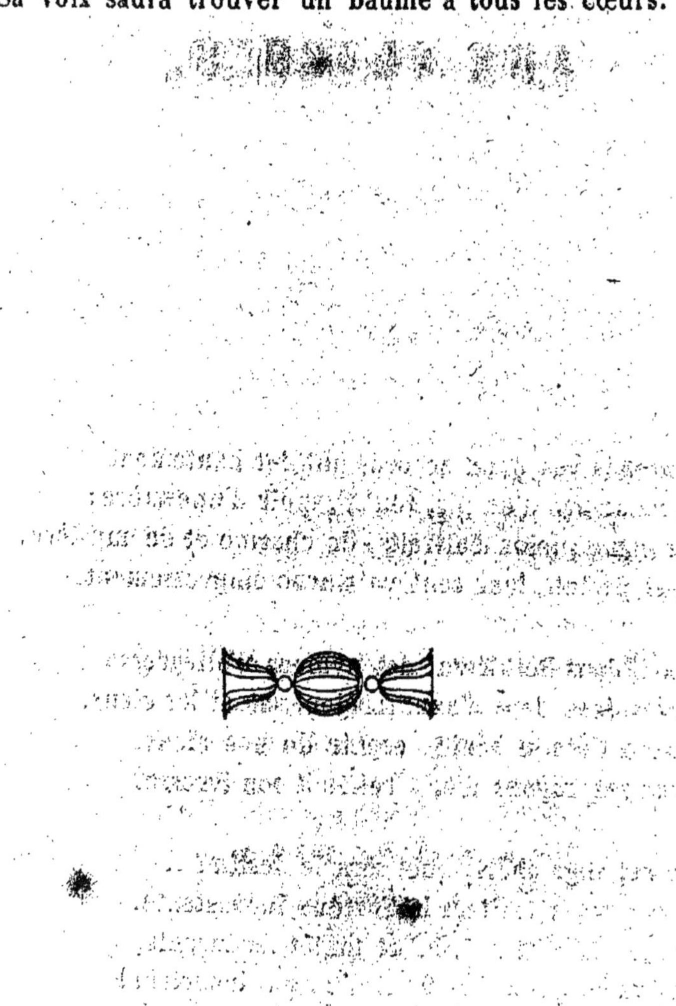

ENIGME.

Je suis de toutes les nuances,
Et riche et pauvre tour-à-tour ;
J'assiste aux fêtes et aux danses,
Je suis la marche du tambour.

Je vis dans l'eau, je vis sur terre ;
L'air est mon premier élément ;
Mon existence est éphémère :
Je nais, je meurs en un moment.

Je suis subtil, insaisissable ;
On me rencontre à tout venant ;
Ma vitesse est incalculable :
Je vais plus vite que le vent !

Je suis utile à votre entente,
Souvent vous criez contre moi,
Toujours le Destin me régente,
Du Destin seul je suis la loi.

Pour mettre un terme à ces histoires,
Lecteurs, écoutez bien ces mots :
Mes mouvements ondulatoires
Souvent réveillent les échos.

CHARADE.

Plus d'une jeune fille use de mon *premier*,
Sans être pour cela moins heureuse et moins fière ;
Mon *second* quelquefois console une héritière,
Un amant inquiet redoute mon *entier*.

LA MESSE DE MINUIT A ALBIGNY

(RHÔNE).

Dans ces lieux où jadis le rival de *Sévère* (1)
Vit briser de son bras la puissance éphémère,
L'œil aperçoit à peine au sommet du vallon
Les restes imposants de l'antique donjon,
Qui servit de séjour à ce roi dont la tête
Enfanta sagement le Code *Loi Gombette* (2).

Plus loin, à quelques pas, un modeste moulin,
Dans son aile reçoit l'eau du fleuve voisin (3);
Et le choc régulier du battant mécanique,
Fatigue sans merci l'oreille romantique,
Quand l'âme, parcourant les hautes régions,
Se livre à l'espérance et bat d'émotions !...

(1) Albinus, empereur romain, compétiteur de Septime Sévère.

(2) Gondebeau, roi de Bourgogne.

(3) Un bras de la Saône.

Albigny, ton côteau, d'une couronne blanche
A revêtu son front; le lilas, la pervenche,
La rose, le jasmin, tout a fui, tout est mort!
L'oiseau reste sans voix, tout se tait, l'écho dort.
Le pâtre a regagné son chaume solitaire,
Où malgré les frimas, le foyer tutélaire
Lui présente un abri contre le froid des temps,
Et calme de son mieux l'attente du printemps!

Il est tard, et pourtant, sur ce noble rivage,
Un vent presque glacé fouette plus d'un visage;
Plus d'une jeune fille à l'œil noir et mutin,
De sa mère guidant le pas plus incertain,
S'avance vers le temple, où de pieux cantiques
Montent comme un encens vers les voûtes antiques.
Jeunes vierges, chantez, célébrez le moment
Qui marque du Sauveur l'heureux avénement;
Et vous, jeunes bergers, enfants de la prairie,
Offrez vos cœurs à Dieu par les mains de *Marie*:
Tous d'un commun élan, en suivant *les Saints Rois*,
Au berceau de *Jésus* arrivez à la fois...

Déjà, depuis longtemps, la cloche qui résonne
Retentit sur les monts que la neige couronne,
Et le bon villageois, d'un pas précipité,
Accourt et donne élan à sa franche gaîté.

Le temple est inondé par des flots de lumière;
Sur l'autel est la croix à nos âmes si chère,
Le signe du Chrétien qu'entourent mille fleurs,
Le ministre fervent, d'ardents adorateurs!
Un jeune adolescent, à longue chevelure,
Entonne l'*Introït* d'une voix douce et pure.
Ces accords cadencés réjouissent nos sens;
Nos cœurs sont enflammés par ces pieux accents.

L'autel est tout autour drapé d'étoffe riche,
Des cierges flamboyants illuminent la niche
D'où l'Enfant tout-puissant nous tend ses petits bras,
Et veut vers ses élus faire les premiers pas ;
Mais non, ce serait trop ! Vers lui chacun s'avance,
On s'assied à sa table, on cherche sa présence ;
Dans les cœurs bondissants, l'esprit consolateur,
Vient répandre à longs flots la coupe du bonheur...

Tous les chants ont cessé pour le banquet des anges !..
Mais voilà, sous la nef, qu'un concert de louanges,
S'élevant tout-à-coup, ranime les saints lieux,
Et l'encens de nouveau monte et voile les cieux.

Enivré de bonheur, le fidèle s'incline,
Le prêtre le bénit, et, de sa voix divine
Que trahit par moment son noble et saint émoi,
Fait entendre ces mots : Amour, courage et foi.

Ces mots harmonieux d'une douce éloquence,
Font briller dans les cœurs un rayon d'espérance.

Tout cesse... tout se tait... la foule lentement,
Quitte les saints parvis dans le recueillement.

Le temple redevient, comme avant, solitaire,
La nuit rentre bientôt dans son profond mystère,
Et la lune, en passant, promène ses rayons
Sur le village heureux et ses beaux environs.

Jésus! de ton enfance, apprends-nous la sagesse?
Apprends-nous le respect qu'on doit à ses parents.
Fais que près d'eux toujours, heureux de leur tendresse,
Nous vivions vertueux, soumis, persévérants.

A LOUISE.

Quand l'aurore apparaît sur ma belle montagne,
Quand l'habile chasseur s'élance dans les bois,
Sombre, triste et rêveur parcourant la campagne,
J'éveille les échos de ma plaintive voix :

   « Ma Louise adorée,
   Je te vois éplorée,
   Attendant mon retour;
   Je te vois sur la pierre,
   A genoux, en prière,
   Belle comme le jour!...

   Je te vois dans la plaine,
   En ta marche de reine,
   Presser le gazon vert,
   Errer, dans la souffrance,
   En secret, en silence,
   Comme une âme au désert.

   Je te vois loin du monde,
   Dans les bois, près de l'onde,
   Respirer librement,
   Dans l'excès de ta flamme,
   Laisser parler ton âme
   Avec enchantement.

Je te vois, ô mon ange,
Vierge de Michel-Ange,
Vierge du Paradis,
Traçant de mon visage
Les traits, la frêle image,
De tes doigts arrondis.

O ma bien tendre amie,
Mon trésor et ma vie,
Tout l'espoir de mon cœur,
Que tes larmes tarissent,
Car les dieux nous bénissent :
Je reviens.... quel bonheur !

Oui, bientôt, ô ma belle,
Je te revois fidèle,
Le cœur bon, sans détour ;
De tes lèvres mi-closes,
Fraîches comme des roses,
J'aurai baisers d'amour. »

N'éveillez pas le Chat qui dort?

FABLE.

Certain rat, pour sa fête , invitait tous les ans
Amis, parents
A des agapes fraternelles,
Où chacun, sans danger,
Pouvait manger
Cantal et noix nouvelles.
Ce jour-là,
Au gala,
Chaque convive
Débitait un discours,
Où toujours
La morale était positive.
L'un vantait avec art
La qualité du lard,
L'autre se prononçait pour le goût des dentelles;
Celui-ci, du froment,
Se montrait grand gourmand;
Celui-là, gros et gras, votait pour les rouelles.
Un jour, jour singulier,
Le dernier

Pour ces chétives créatures,
L'un d'eux,
Vigoureux,
Aux guerrières allures,
Proposa, sur la fin
Du festin,
De quitter leur retraite,
Et d'aller, assemblés,
Dans les blés,
Dignement terminer la fête.
A ces mots,
Nos mulots
Vident leur verre
Et marchent aux combats,
Jurant la mort de tous les chats,
Jurant d'en délivrer la terre.
C'est en vain qu'un d'entre eux,
Cathareux,
Prophète de malheur, véritable Cassandre,
Voudrait adroitement
Faire un amendement ;
On ne veut pas l'entendre.
A chaque mot,
Haro !
Pour de vieux radoteurs, conservez vos sornettes,
Dit un rat de bon ton ,
Qui comptait, j'en suis sûr, quatre poils au menton...
Mais tout près, un *gris-gris*, que le bruit des assiettes
Arrachait, sans conseil,
Au sommeil,
Allongea son grand cou, dressa sa tête plate.
—Ah ! se dit-il, c'est vous qui faites tant de bruit,
Venez, noble héros, que la gloire conduit,
Et, sous ma patte,

Je vous tiens.
Aussitôt l'angora va prévenir les siens,
Les dispose en bataille,
Et, certain, sans procès
Du succès,
Se range au pied d'une vieille muraille.
Les rats doublaient le pas,
Insouciants et narguant le trépas.
Mais soudain, des *minets*, les griffes meurtrières
Fixent leur sort.
De grâce, écoutez mes prières :
« N'éveillez pas le chat qui dort. »

Sur la tombe d'un neveu.

En un triste cercueil ta couchette se change ,
Et l'airain attristé gémit aux alentours ;
Dans les bras du Seigneur, repose en paix, mon ange,
Un souffle nous sépare encor pour quelques jours!...

LOUISE.

Louise, à l'horizon, vois ces traits de lumière,
Rendre aux prés, aux buissons leur vie et leurs couleurs ;
Vois, vers le Tout-Puissant, monter une prière
  Du calice des fleurs.

  Aux rayons de l'aurore
  Brillants et radieux,
  Oh ! je préfère encore
  Un rayon de tes yeux.
  Oui, je préfère encore,
  Aux rayons de l'aurore
  Brillants et radieux,
  Un rayon de tes yeux (*bis*).

Et regarde cette ombre, à la voûte éthérée,
Fuir et se dissiper au souffle du matin,
Et laisser, après elle, une nappe azurée,
  Un Ciel pur et serein.

Entends, dans ces bosquets, les voix harmonieuses
De mille et mille oiseaux joyeux et pleins d'amour,
Saluant les échos, grottes mystérieuses,
  Et le lever du jour !

EPIGRAMME.

« C'est de la bouche des enfants
» Que sort toujours vérité pure. »
A ce compte, je vous le jure,
Belle, vous n'avez plus vingt ans !

Colin et Pernette.

Pernette aimait Colin, garçon plein de mérite,
Bon, travailleur habile, économe surtout,
Donnant peu, donnant bien, donnant à qui profite :
Riche, mais sans orgueil, et bien venu partout.

La bergère, à la nuit, rentrant dans sa chaumière,
Asile du repos, asile de la paix,
Effeuillait lentement cette fleur printanière
Qui croît pour les amants au sein des gazons frais.

Soudain, à son oreille, une voix inconnue
Arrive en gémissant des antres des échos;
Pernette alors frémit, et son âme éperdue
Semble l'abandonner quand elle entend ces mots :

« O ma Muse, tais-toi ! L'amour n'est que mensonge,
» Calcul avilissant et toujours de saison,
» Où sans honte et sans frein on s'abîme, on se plonge,
» Comme un vil animal sans esprit, sans raison.

Colin, le bon Colin , entendit ce blasphême :
Tout son corps bouillonnant d'une juste fureur,
Il s'élance aussitôt près de celle qu'il aime,
La rappelle à la vie, et la tient sur son cœur.

« Non! Pernette, dit-il, l'amour n'est point mensonge,
» Non plus un vil calcul où l'or est seul compté ;
» C'est un souffle divin qui toujours se prolonge
» Au-delà de la vie et dans l'éternité !...

» C'est cet élan de cœur , élan irrésistible,
» Qui nous cause parfois de si grands embarras;
» C'est ce charme secret, cette chaîne invincible,
» Qui me tient à la vie et m'attache à tes pas. »

LE MANNEQUIN

FABLE.

Sur les bords de la Saône, un bon cultivateur
Avait un champ de blé qu'admirait le village.
Ce travailleur habile, intelligent et sage ,
Désirait préserver le fruit de son labeur
     Des passereaux voraces
    Qui se riaient de ses menaces.
Il prit donc un bâton dans l'une et l'autre main,
  Les mit en croix, et, d'une redingote,
D'un gilet, d'un chapeau, d'une vieille culotte,
Fit un épouvantail, qu'un jour de grand matin
    Il dressa dans sa terre.
L'aspect si menaçant de ce foudre de guerre
Eloigna les gloutons pendant un jour ou deux.
Notre cultivateur, en bon sens si fameux,
    Reconnut bientôt sa méprise:
    Sa prévoyance avait été surprise.

Les passereaux, d'abord craintifs, épouvantés,
Se tenaient du butin toujours bien écartés.
Mais on les vit plus tard, retrouvant leur audace,
Couvrir le champ fertile et chanter à la face
          Du triste gardien,
Dont le pouvoir usé ne tenait plus à rien :
L'un nicha daus sa poche. —Oh ! la bravade atroce,—
Et bientôt la couvée en malice précoce,
Pour essayer ses pas et son vol incertains,
De notre épouvantail voltigeaient sur les mains.

La ruse, quelquefois, au public en impose;
Mais vient la vérité : chacun rit, chacun glose.

LE MALHEUREUX POËTE.

Près d'une croix de bois, de quelques fleurs paisibles,
Sous un saule pleureur, aux longs rameaux flexibles,
Un jeune homme à genoux, sombre, triste, en sanglots,
Appuyait dans ses mains, d'une beauté divine,
Sa tête qui penchait sur sa noble poitrine,
Et de sa voix plaintive, il murmurait ces mots :

  « Bonheur plus éphémère
  » Que la brise légère,
  » Que la brise du soir,
  » Tu t'envoles comme elle ;
  » En perdant Gabrielle,
  » J'ai perdu tout espoir !

  » Quand apparaît l'aurore,
  » Souvent, priant encore,
  » Au funèbre séjour,
  » De mes yeux, sur sa tombe,
  » Chaque larme qui tombe
  » Est un baiser d'amour.

  » Quand l'oiseau sur la branche
  » Qui sur ma tête penche
  » Gazouille avec transport,
  » Tous ces chants d'allégresse
  » Ont pour moi la tristesse
  » Des hymnes de la mort.

» Quand l'oreille attentive,
» L'âme méditative,
» Je rencontre un berger,
» Son troupeau, sa houlette,
» Les sons de sa musette,
» Ne font que m'affliger.

» O gentille fontaine
» Qui coule dans la plaine,
» Témoin de ses adieux !....
» Les fleurs de ton rivage
» M'offrent sa belle image
» Et l'éclat de ses yeux.

» Bonheur plus éphémère
» Que la brise légère,
» Que la brise du soir,
» Tu t'envoles comme elle ;
» En perdant Gabrielle,
« J'ai perdu tout espoir ! »

C'est ainsi que parlaient la voix brève, inquiète,
Et le cœur déchiré du malheureux poète ;
Les échos attristés répétaient ses soupirs.
A ses sons mesurés qui sortaient de sa bouche,
Son corps roula soudain sur la lugubre couche,
Car, la mort arrivant, mit terme à ses désirs.

A ma tante Colas.

Jadis il fut un jour consacré par l'usage ,
Dans la cité des rois et dans l'humble village,
Où chacun dans sa joie et pour ceux qu'il aimait
Faisait des vœux ardents que son cœur formulait.
La dépravation , en des jours de délire,
Sur l'univers entier étendit son empire ;
Et désormais ce jour brillant et radieux,
Où les vœux et l'encens réjouissaient les cieux,
Fut voué tout entier au dieu des flatteries,
Au mensonge impudent, à des flagorneries.
Mais moi, tante chérie, heureux de vos bontés,
Moi qui ne connais pas tout le fard des cités,
Je viens en ce beau jour, transporté d'allégresse,
Ayant de mes aïeux la franchise et l'ivresse,
Vous fêter, vous chanter, et tout respectueux,
Vous prier d'agréer mes hommages, mes vœux.
Le ciel exaucera ma fervente prière ;
Il vous bénira, vous, votre famille entière,
Il doublera vos jours , comblera vos souhaits,
Et, d'un bonheur sans fin, il paîra vos bienfaits.

MA CONSTANTE HIRONDELLE.

J'ai salué souvent, ma constante hirondelle,
Ton retour printanier au toit de mes aïeux.
Et, suivant les circuits que décrivait ton aile,
Mon cœur applaudissait tes soins minutieux.

J'admirais tous les jours, dans ma blanche tourelle,
Ton joli petit nid, travail ingénieux,
Où tes jeunes enfants, sous ta douce tutelle,
A l'abri des dangers, s'élevaient tout joyeux.

Bien des fois, dans la main d'Elisa, jeune fille,
Légère comme toi, comme toi bien gentille,
Je te vis te livrer aux plus tendres ébats;

Elle t'aimait; hélas! qui ne t'aimerait pas!...
Mais Elisa n'est plus... c'est elle que je pleure :
Hirondelle, avec moi, visite sa demeure!

A Mme Marie H***.

Combien la douce paix qu'on trouve à la campagne,
Dans la plaine fertile ou bien sur la montagne,
Toujours parmi les bois, les bosquets et les fleurs,
A de pouvoir sur nous, a d'attraits pour nos cœurs !
Eloigné de l'orgueil, ce faux honneur des villes,
On consacre son temps à des travaux utiles :
Avec quelque peu d'or, on fait bien des heureux,
On partage leur joie, on jouit avec eux.
Là, dans un cercle étroit, des amis véritables
A donner leur avis se montrent charitables;
Là, sont les vrais amis qu'on rencontre toujours
Dans les jours malheureux comme dans les beaux jours.
Aussi, dans mon réduit, le seul bien que j'envie,
C'est d'aller terminer les langueurs de ma vie,
Dans un village heureux de son obscurité,
Auprès du noble auteur de ma félicité.
En attendant ce jour — si jamais il arrive —
J'occupe mes loisirs et ma Muse plaintive
A chanter le bonheur de mes heureux amis,
Car le bonheur d'autrui dissipe mes ennuis.

Souvent dans nos discours, votre doux nom, Madame,
Fait naître la gaîté dans le fond de notre âme ;
Nous causons avec vous métairie et chalet;
Nous cueillons avec vous une rose, un œillet.
Nos pas suivent vos pas sous la fraîche tonnelle
Où le beau chèvrefeuille à la vigne se mêle,
Où le lilas fleurit près du jeune églantier,
Où mille fleurs encore embaument ce quartier.
Sous ce riant berceau de mousse et de feuillage,
On peut d'un seul regard embrasser le village,
Villefranche, Trévoux, les coteaux Beaujolais,
La Saône aux longs circuits et tout le Mâconnais.

Je voudrais, pour aider votre fils Hippolyte,
Le rateau dans les mains, comme un tranquille ermite,
Niveler en tous points les sentiers sablonneux,
Les rendre en peu de temps comme un tapis moelleux.
A la fleur qui languit d'une douleur secrète,
Je donnerais toujours un support pour sa tête,
Et, sans perdre un moment, muni d'un arrosoir,
J'irais, d'un pied léger, pour elle au réservoir.
Je ferais profiter de ce soin salutaire
Le tapis émaillé de ce brillant parterre;
Entouré de parfums, dans cet heureux séjour,
Je verrais par degré disparaître le jour.

Mais avant que la nuit, avec son voile sombre,
Sur le reste du jour ait répandu son ombre,
Je voudrais visiter les petits lapins gris,
Leur porter un peu d'herbe et fermer leur logis;
Aller au colombier, sans bruit, avec prudence,
Savoir si des ramiers, il n'est pas quelque absence,
Si ces hôtes chéris, juchés sur leur perchoir,
N'ont point à redouter des dangers au dortoir.

Alors, en cheminant, à cette heure avancée,
Joyeux j'écouterais la cloche balancée,
La marche des troupeaux, les chants du métayer;
J'irais fermer la porte et m'asseoir au foyer.
Là, je retrouverais, auprès de vous, Madame ,
Près d'un feu pétillant, et la gaîté dans l'âme ,
Celui qui fut toujours un ami de Phébus ;
Celui dont vous avez le nom et les vertus.
Aux savantes leçons de cet habile maître,
Ma Muse plus soumise irait plus droit, peut-être,
Peut-être.... qu'un beau jour, connaissant son néant,
Elle s'arrêterait près du gouffre béant.

CHARADE.

Le nom de mon *premier* est banni pour toujours,
Mon *second*, doux présage,
Est le fruit du bel âge ;
Et mon *tout*, chers lecteurs, console les amours.

EXPLICATION DES CHARADES.

Le mot de la première Charade est *Dominique*.
Celui de la seconde est *Théâtre*.
Celui de la troisième est *Troupeau*.
Celui de la quatrième est *Départ*.
Celui de la cinquième est *Sourire*.

9 782019 695453